Adriana Morgado   Vanina Starkoff

A caixa de Zahara

Copyright © 2016 de texto *by* Adriana Morgado
Copyright © 2016 de ilustração *by* Vanina Starkoff
Copyright © 2016 desta edição *by* Zit Editora

Coordenadora editorial: Laura van Boekel
Editora assistente (arte): Juliana Pegas
Design de capa e miolo: John Lee Murray
Revisão: Cristina da Costa Pereira / Penha Dutra

••
CIP-BRASIL. CATALOGAÇÃO NA FONTE.
SINDICATO NACIONAL DOS EDITORES DE LIVROS, RJ.
M845c
Morgado, Adriana
A caixa de Zahara / Adriana Morgado; ilustração de Vanina Starkoff. - 1. ed. - Rio de Janeiro: Zit, 2016.
il.; 24 cm.

ISBN 978-85-7933-097-1

1. Infância e juventude - Conto infantojuvenil. 2. Conto infantojuvenil brasileiro. I. Starkoff, Vanina. II. Título.

16-30485   CDD- 028.5   CDU-087.51.
••

Registrado no Escritório de Direitos Autorais da Fundação Biblioteca Nacional, Ministério da Educação e Cultura. Proibida a reprodução total ou parcial desta obra sem permissão expressa do editor (Lei nº 5.988, de 14 de dezembro de 1973).

Todos os direitos reservados.

Av. Pastor Martin Luther King Jr., 126 | Bloco 1000 | Sala 204
Nova América Offices | Del Castilho
20765-000 | Rio de Janeiro | RJ
Tel.: 21 2136-6999 | editora@zit.com.br
ziteditora.com.br

Printed in Brazil/Impresso no Brasil

Para o Mozi, meu filho gato, e seus irmãos:
Gui, Gabi e Lalá – meus filhos gente.
Para o Marco, meu amor.
Para os meus pais, sempre.
Para os meus avós, que me ensinaram tudo.
E, em especial, para os meus tios Hugo e Lilia
– que nunca me deixaram sonhar sozinha.

Adriana Morgado

Com muita admiração, para aqueles que, estando no meio de uma guerra, não perdem a capacidade de sonhar e sorrir!

Vanina Starkoff

Apresentação
(para pessoas grandes e pequenas)

Em algum lugar distante e esquecido deste mundo, nasceu, um dia, uma menininha. Eram tempos difíceis. Havia, naquele lugar, uma guerra que durava já bastante tempo. A guerra traz uma enorme confusão pra vida: difícil compreender quem é amigo ou inimigo. Complicado definir quem está certo e quem está errado. Geralmente, todo mundo tem um pouco de razão... E um monte de falta dela. Na verdade, a guerra é exatamente isso: uma tremenda falta de razão.

Ela transforma os lugares e as pessoas. Tudo fica feio porque ela destrói as casas e as árvores, assim como o coração da gente, que fica cheio de raiva e medo.

A época ou o lugar exatos em que essa nossa menina nasceu não importam. No mundo sempre existe, em algum canto, uma guerra. E no meio dela, um monte de gente que precisa e quer viver.

Gente que nasce, cresce e continua crescendo todo dia. Que tem gripe, nariz entupido e tosse. Faz cocô. Tira meleca. Implica com irmão. Tem neném que aprende a andar, dente que cai e joelho que rala. Não há soldado ou canhão que possa impedir. Mesmo que o maior general do mundo se zangue com isso, toda criança sempre vai brincar e, brincando, vai crescer.

Quem não tem brinquedo, inventa um jeito e transforma realidade em fantasia quando junta dois gravetos pra fazer um avião e, de duas pedrinhas brancas, faz surgir umas vaquinhas amigas que conversam sobre uma qualquer coisa maluca...

Muita gente acha que o antídoto para os conflitos é a paz. Não é não. O remédio para a guerra é a infância. Porque ela é o contrário da guerra. Se uma rouba o futuro por trazer violência e incertezas, a outra o devolve na forma de imaginação e brincadeiras que desenvolvem, naquele ser pequenino, sua capacidade de sonhar.

E sonhar é a grande liberdade dos homens. Ter esperança de que aquilo que a gente desejou aconteça é o que nos permite esperar pelo futuro. Isso é o que mantém vivas as pessoas que estão emaranhadas no meio de um conflito.

Foi por isso que decidi contar a história dessa menina. Tão miúda quanto teimosa, ela insistiu em nascer. Mesmo no meio daquela guerra, ela teimou em crescer.

Agora, a menina morava com sua avó, uma mulher grande e muito forte, alegre e carinhosa que nunca a deixava só ou triste. As duas eram muito amigas e faziam juntas as coisas de todo dia. Pegavam água no poço, cozinhavam e cantavam músicas de festa ou de dor. Costuravam vestidos e túnicas, teciam cestas e aravam pequenos pedaços de terra onde plantavam o que comer.

De tudo faziam canção. Era uma sabedoria da avó: cantar as coisas. Era uma voz grossa a dela. Voz forte, de gente que viveu muita coisa e sabe a resposta pra quase tudo o que existe nesse mundo. Zahara achava linda a voz daquela avó. Sua pele negra brilhava ao sol da savana e ela ali, trabalhando e cantando o dia.

Formavam uma família, embora bem pequenina. Avó e neta. Uma, bem velha; a outra, menina.

Quando a guerra levou sua mãe, a avó deu à menina uma pequena caixa vazia. Um pouco maior do que suas mãos de menina, de tal modo que Zahara precisava das duas para segurá-la com firmeza. O presente pareceu-lhe a coisa mais estranha do mundo:

Que faço eu com esta caixa vazia? Coisa de vó mais maluca!, pensou a menina.

Mas a caixa veio acompanhada de um conselho, este também muito estranho:

– Pega aí esta caixa, ô pequenina, pega e a traz assim sempre perto de ti. Nela lembra que estão guardados todos os teus desejos e sonhos: é a caixa do teu futuro, não te esqueças!

Vá entender os adultos! De que modo uma caixa vazia pode conter sonhos que são, além de tudo, coisas que nem coisas são, porque nem se pode pegá-los?! Ainda mais "o futuro", que é uma tremenda de uma coisa longe, que, de tão longe, só existe depois que a gente cresce?

Mas, por sabedoria ou só por obediência mesmo, Zahara aprendeu a carregar a caixa consigo por todo canto. Subia em árvores, tomava banho de rio, corria pela estradinha perto do acampamento, até dormir com a tal, dormia! Esperta, logo deu um jeito de amarrar a caixinha num barbante de soltar pipa. Fez com ele muitas voltas até que ficou bem firme e amarrou-o como um cinto ao redor de sua cinturinha fina. Pronto: ela e a caixa eram quase que uma só! Assim, grudadas, percorriam as selvagens planícies africanas. A intimidade entre as duas foi crescendo tanto que se tornaram mesmo inseparáveis.

Zahara colocava ali dentro tudo o que, pelo caminho, encontrava: pedras, areias de cores diferentes, besouros, borboletas coloridas, tampinhas de refrigerante, bolas de gude, figurinhas e tudo o mais que lhe passasse pela cabeça... ou pelas mãos.

Acontece, é claro, que chegou uma hora em que a caixinha foi ficando mesmo muito cheia. Entupida de coisas de todo tipo... Seria preciso esvaziá-la um pouco. Pois era pequena, nela não cabia tudo o que havia no mundo. E o mundo era bem grande. Até mesmo para uma menininha como ela.

Ah, mas era tão difícil esvaziar a caixinha para colocar as novidades! Como escolher o que deixar pra trás? Que tarefa delicada e dolorida era, para Zahara, despedir-se de seus objetos: cada um tinha uma história muito própria e especial que ela não queria perder! Eram lembranças de bons momentos, os quais não desejava esquecer. Mas havia muita novidade acontecendo: ela estava crescendo, conhecia novas coisas e também novas pessoas. Como fazer com que tudo aquilo coubesse numa caixinha?

A situação foi ficando de tal modo complicada, que Zahara, sem saber o que fazer, confusa e meio assustada, sentiu até raiva da caixa.

Por que era tão pequena? Por que não cabia TUDODOMUNDO dentro dela? Por que não era de elástico, de plástico, de borracha? Por que não se esticava?

Zangou-se com a caixa.

Brigada com ela, deixou-a num canto, perto da esteira em que dormia.

Separada do pedaço de madeira que já entendia como parte daquele seu fino corpo de menina, foi brincar sozinha pelo acampamento.

Rapidamente saiu em busca da avó. Sentou-se perto dela, sob uma gigantesca árvore, o baobá. Pediu-lhe uma história.

– Avó, me conta coisas de quando eu nasci?

E a velha entoou uma conversa com cara de canção. De uma prosa mágica e delicada nasceram figuras, imagens coloridas, sentimentos e todas as coisas sensacionais que acontecem quando a gente escuta um conto. Assim, escutando as histórias da avó, Zahara ia esquecendo a falta que lhe fazia a caixinha... e seus pais, seus amigos, sua cidade natal e as tantas outras coisas que a guerra havia levado.

Passado algum tempo, no entanto, a menina sentiu novamente a saudade. Olhava sua caixa largada num canto, lembrava de como se sentia acompanhada quando a carregava junto de seu corpo.

Voltou a trazê-la perto de si. Mas tomara uma decisão: de agora em diante aquela seria uma caixinha vazia. Pronto! Livrava-se do tormento que era decidir o que ficava dentro ou fora dela.

Zahara então voltou a passear e a ver o pôr do sol com sua caixinha. Sentia saudades de uma pedrinha branca, antiga e lascada que havia posto ali. Aí, se lembrava da pedra, do lugar em que a encontrara, do calor do sol naquele dia, da terra escura de onde a tinha tirado.

E, num instante, sua caixinha não estava mais vazia. Estava repleta de recordações!

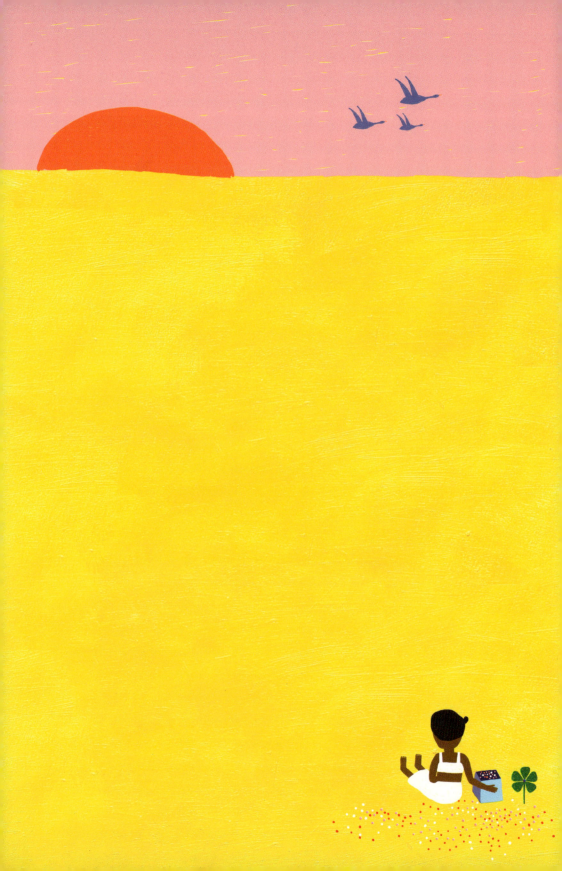

Um banho de rio, uma brincadeira engraçada, um amigo querido, o olhar doce de sua mãe. Uma história bem contada, uma canção de festa! Tudo isso podia, agora, caber na caixa de Zahara.

A menina compreendera que, mais do que uma caixa de recordações, a avó havia lhe dado algo para descobrir: a memória.

Mas recordar começava a ser pouco para Zahara. Não bastava que, em sua caixa, assim como em seu coração, coubessem lembranças e saudades. Mais do que de um passado, nossa pequena precisava de um futuro.

Em meio à guerra, qual o horizonte possível?

Ela teria que descobrir.

E era assim que, em certos dias, Zahara saía para ir ao mercado e via uns vestidos muito lindos sendo vendidos pelas mulheres mais velhas e desejava ser grande para poder usá-los. Guardava, faceira, a imagem do vestido em sua caixa vazia. Desejos são memórias que guardamos para o futuro. São os sonhos que ainda vamos alcançar.

Os de Zahara? Eram muitos. Sonhava com os livros coloridos e cheios de figuras que muitas vezes vira. Ansiava em ler as histórias escondidas dentro deles. Desejava tornar-se uma mulher alta como sua mãe, forte como sua avó. Parecida com cada uma, diferente das duas: ela seria Zahara, "aquela que tem sorte". E tinha. Estava crescendo.

Ao tornar-se vazia, a caixa de Zahara tornara-se também enorme e do tamanho do mundo. Com sua imaginação, poderia colocar ali dentro todas as suas saudades, mas também todos os seus desejos e sonhos!

Ah! Então finalmente entendia o que lhe havia dito a velha avó: era mesmo possível colocar em caixinha tão pequena o tal do futuro!

Em suas pequeninas mãos de menina, o futuro.

Sobre a escritora e a ilustradora

Nasci em 1968, numa pequena cidade no Sul dos Estados Unidos. Cedo vim para o Brasil, onde viviam meus avós, tios e primos. Cresci entre o Norte, Nordeste e Sudeste, sempre viajando com meu pai. Conheci todo tipo e todo jeito de brincadeira que havia nesses lugares. Fui uma menina da cidade e também do mato.

Comecei a gostar de ler com as revistinhas que meu avô comprava no jornaleiro da esquina. Depois, pulei para os livros. Gostei tanto, que virei professora.

Mas, no fundo, o que eu gosto mesmo é de ser aluna. Estudei história, psicologia e medicina.

Sou vegetariana e adoro nadar no mar.

Como diz o meu filho Guilherme: tenho muitos medos... mas infinitas coragens!

Se escrevo, é porque isso alegra o meu coração.

Escrevo para crianças porque acho que elas são a coisa mais linda e que a infância é um lugar que existe dentro de todo mundo.

Adriana Morgado

Nasci na bela América Latina, na cidade de Buenos Aires, na Argentina.

Quando cresci, me graduei como designer gráfica, mas vi que essa não era minha paixão... Seguindo sempre o caminho do coração, descobri o mundo das imagens e dos livros para crianças. Desde essa descoberta, fiquei mergulhada nesse maravilhoso universo.

Apaixonada pelas cores e paisagens que sempre pintei, fui atrás do meu grande amor, o Brasil, onde moro desde 2014.

Vanina Starkoff

Primeira edição: setembro de 2016
Data desta tiragem: março de 2023
Impressão: Zit Gráfica e Editora